現代短歌クラシックス09

あの日の海

染野太朗

目次〈2000-2010〉

I

この十月に

一九五八年にぼくは生まれこの十月に死ぬはずだった

湯を沸かす音の満ちたる浴室に泡立ちやすきぼくの陰毛

眠気のみ連なりたればふくらはぎは排水口に落ちてゆくなり

一斉にマロン関連商品の出回りてひとの死にやすき秋

エスカレーター設置工事は長引いて黄色い線に蟷螂の内臓《わた》

従業員食堂の醤油ラーメンは毛玉のようなネギをし乗せて

扇風機を出しっぱなしのぼくの部屋に溢るジンベエザメの胃液は

海老一染太郎

二月二日海老一染太郎が死んだすこし自由になった気がした（二〇〇二年）

虚構ひとつ持て余すぼくの背後よりなおも伸びゆくバス待ちの列

世界という語に溺るればゆうぞらににきびのようなひつじ雲見ゆ

ヘッドフォンに蹴躓きし真夜あらがわんものをいまだに欲しがるぼくは

青を薄めて

九月なおつよき日の射す江ノ電に泡立っているアメリカ英語

とんび浮く稲村ヶ崎船酔いのように未来が体《たい》を離れず

サーファーの耳に届かぬ声であれ波に無数のみずくらげ鳴く

プルタブを持ちあげたとき潮騒に消えゆく君の嗚咽を聞いた

由比ヶ浜の海は無邪気だ陽を反《かえ》しかえすほどその青を薄めて

いつ来ても崩れつづけるこの波に昨夜《ゆうべ》君だけ靴を濡らした
さびしさを押しつけたから君はもう静かな海をぼくに見せない

「介護等体験」の記録

終日をトイレの臭いの籠りたるフロアにゆるされ痴呆老人

終日を点れるテレビ　見ることとタオルを畳ること異ならず

梳きおればぼろぼろ抜くる白髪も捨つるほかなし可燃物として

眠りゆく脳《なずき》にも似る風船か老三人《みたり》いっしんに突き合う

「教員の方が辛いわよ」ぼくなどに本音は言わぬ介護士である

能面というにはあらね介護士の顔一様に日照雨《そばえ》に濡るる

向き不向きを言い合う教育実習生の控室にも白い電話が

呆けても言語壊れぬかなしさをわがちちははに見る日もありや

風待ち

元素記号を唱えるように結婚を告げたる友この明るさは何

ずぶ濡れの鳥を飼うらし「社会」という語をくりかえす友の饒舌

鍵束のようなことばを待つ友の増えたる酒の量には触れ得ず

本当は言葉にのみ知る孤独なればぼくら持たざる冷たき耳たぶ

厚き帆を降ろして酒呑む友らなり風を待っているのはぼくひとり

郷愁ではないが暇つぶしでもないが押入れに捜す『ドラゴンボール』

吊革

ぼくに足らぬ無数のことば薄明を伸びきった吊革が揺れるよ

終電に中吊り広告を見上ぐれば当て字のような「戦争」「戦後」

ポトス一鉢育てはじめつだれひとりぼくを拒まぬ夏の終りに

II

ゴジラの咽喉

東京の底に凝れる倦怠の冷えきりやがてビルとなりゆく

校庭の人工芝は乾きいて明日を忘れたようなるさみどり

教師らとエレベーターで降《くだ》りつつここはゴジラの咽喉《のみど》と思う

ぼくを呼ぶ声と呼ばざる声を容れ軋むことなき教室のドア

肺胞に届けばやがて雪よりもしろい根を張るチョークの粉か

校長の声をかき消すこの風はトリケラトプスの咳払いだろう

教科書をひらかぬ生徒を叱るとき鼠に舌を咬まれたら負け

どしゃぶりを背に聞きながら教師らとすくう鱶鰭スープよ甘し

海で死んでも

海蛇が飛びだすだろう幾筋も水垢をひくセルシオのドア

放課後の職員室は海にもう還ることなき水湛えおり

教室のうしろに立った母たちの海で死んでも濡れない茶髪

値踏みする母たち　ぼくは黒板に連翹の花の写真を貼った

生徒らの脳に蛍があふれいて進学試験の教室ぬくし

祖語をたぐるようだ　生徒と話すとき何を恥ずかしがるか知りたい

雨にしずむ皇居の森を見おろして缶コーヒーが窓際に立つ

触れたきもの

校庭と坊主頭に浸みてゆく氷雨　触れたきものばかりなり

生徒らが石垣りんの詩のようにすんと立ちおり校庭の冬

蛍光灯いっぽん切れて教室に雪の死骸のひかりあふれる

醤油皿に醤油乾ける冬の夜を国語科主任に叱られており

ぼくを叱る声の隙間に詰め込まれ孵ることなき真蛸の卵

死が遠くなってゆくなり「近代」の板書計画記す星の夜

鉛筆を持たぬ左の手がどれもパンのようなり追試始まる

校門に売られていたる焼芋の腹の中でも焦燥の色

陸上部沖縄冬合宿

ねばねばの寝起きの口の中のようぬるき雨降る国際通り

雨風に追われて走る嘉手納基地外周　膝の痛み告げ得ず

膝をつきすこし休んだ　生徒らが写真撮り合う安保の丘で

戦闘機という語をもて指さしたあの銀色の翼びしょ濡れ

沖縄の訛りに発音されるときつくりものめくブーゲンビリア

旧海軍司令部壕なりし暗がりを兵士の唾液踏みながら行く

軍服の弾痕の数かぞえたり灯りの小さき地下展示室に

沖縄の冬の内海幾億ものの針をうかべて透きとおるのみ

胡麻塩

恩を売るように代講引きうけき朝青龍のかがやく夜を

胡麻塩の胡麻のようだな多数派となりて出でたり小会議室を

豆乳に浮く湯葉のごと掬われてぼくは教頭の言いなりである

教頭はビジネス文書もパソコンも人の気持ちも野球もわかる

勝ち負けにこだわるぼくの背後にて建設中の高層マンション

新調の紺のスーツを「いいねえ」と副校長にからかわれたり

教師らの午後の饒舌を引き受けて職員室の電話平たし

たまねぎ

玉葱をみじん切りする爆薬の湿気た地雷のようなる二個を

玉葱を炒めておれば鍋底にうらみつらみの凝りはじめぬ

忘れずに買った缶切　二缶のホールトマトが夕日を厭う

缶切を忘れず買いしぼくの額をこめかみを伝う八月の汗

ローリエが鼻腔を占拠したあげくあざ笑うなり　弱いねおまえは

茹で時間八分なれば五時五十五分に八分足して待ちたり

パスタ鍋ぶくぶくあぶくたてながら核爆発に憧れている

皆が皆を監視する夕固茹でのパスタにオリーブオイルを垂らす

ひろしま

戦前のひろしまを知らず春まひる路面電車で紙屋町を過ぐ

会うたびに腹の突き出る友である広島支店にもう三年目

この友は愚痴をこぼさぬ　腹ゆすり原爆ドームでぼくを迎える

感情を定められない罰としてケータイに撮る原爆ドーム

自らに溺れたときのあの寒さ原爆ドームの真上の空は

宮島へわたるフェリーに風ぬるく友の婚約解消を聞く

友の背の皮をめくればゆうぐれの草原　馬が風にうなずく

思い出を語らず歩く焼き牡蠣がぶしゅと破れる商店街に

ぼくは痩せ友は太った　体重が落ちつく頃に終らん若さは

よだかの気持ち

体罰を知らぬ生徒の泣いている職員室に顔を洗えり

白き陽を反《かえ》しきれない海のような教室で怒鳴る体育のあとは

解答をあきらめた順に生徒らは机に伏して航海に出る

死に際の犬の尾のごとロッカーの扉はみ出す柔道着の帯

貝殻にあらざる消しゴム拾いつつ不意に聴きたくなる波の音

ケータイの振動音は聞こえないふりでよだかの気持ちを問えり

掌《て》の中で音なく折れた五限目のチョークは夢の隠喩にもなる

放課後の職員室にこぼされておねしょのようだヘルシア緑茶

性欲にいちばん遠いところにて泡立つ職員会議と思う

下駄箱の無き校舎なり教師らの私怨のような砂の散らばる

志望動機の添削終えた夏の夜を指につまみて剝く桃の皮

大股で越える八月『となり町戦争』を付箋貼りながら読む

足元へ転がってくる硬球に怯えるように立つマリア像

教師にも入校証が配付され二学期　たしかに戦後を知らず

地球儀を飲み込んだような腹さすり教師のひとり君が代歌わず

講堂に宗教講話長引いて蛍のように灯る正論

引出しに増えゆくばかり今日と明日を綴じたるごときホチキスの針

サッカーにボール追うのと同じ眼で三島《みしま》由紀夫を語る教師を妬む

校庭の人工芝に張りついたガムてかてかと若さを嗤う

馬跳びの馬になる夢見ていたと職員室で打ち明けられた

神という語をいくたびも聞いた日の河童の皿のような校庭

黒板消しを拾いて授業始めれば背中に寒し教室の秋

傘閉じるほどの力か黒板に「走れメロス」と書く指先の

今日もまた聞こえなかった　生徒らの私語にまぎれた海月の声は

トマト濃き野菜ジュースに噎せながら叱る手順をノートに書けり

「もうすっかり先生だね」ドトールに今日は立たざり煙草のけむり

タンポポ

奥さんになる人はわが胃に眠る肺魚を突《つつ》く殺さぬほどに

カーテンに春のひかりの添う朝《あした》はじめて見たり君の歯みがき

次つぎに木の名を告げて先を行く君の背《せな》より生るる山道《やまみち》

*

タンポポの背が伸びるころ君よりも君を知るのだ狭い新居で

Ⅲ

短さ

アイロンのコードのような短さだぼくに触れんと伸びくる腕は

阿佐ヶ谷の釣堀「寿々木《すずき》園」に金魚釣り上げ妻に褒めらる

水の悪さ人の多さを東京と名づけて尾張の人は眠りぬ

森茉莉と向田邦子の並びたる本棚に浅野いにおも並ぶ

どうしてそう自信に満ちた顔つきでトルコ桔梗の茎を切るのか

ガーベラの黄の反りてゆく食卓で焦りばかりを妻に悟らる

お隣の佐藤夫婦へ高すぎず安すぎぬ菓子を見つくろう妻は

唐突に湯は沸き立てるペンギンの死骸のような電気ケトルに

ゴミ袋に集うカラスの多ければこわいと妻が言うを聴くのみ

三月に増え続けたる写真立て捨てたし風呂が沸くまでの間に

やりすぎたとぼんやり思うあかときを何をやりすぎたかわからぬが

あかつきを目ざめて見つむ掌に棺を載せて寝ている妻を

よお

サンマルクカフェに座りて珈琲の琲の字だけを見ている真昼

野球部を辞めた生徒がこの夏を七キロ太り「よお」と手を挙ぐ

九段下駅構内図　涅槃図のように貼られて風を浴びおり

脱衣場に散りたる妻の髪の毛を抓みては捨つ二本の指で

青天に妻のパンツを干しおれば宅配ピザの男と目があう

ひこうき雲

長くながくひこうき雲の引かるるを二足歩行は見上げていたり

吊革のべたつく夜半「いますごくしあわせなの」と声するどこかで

月読に鼻は濡れつつ子を持てるようになるまで生きんと思う

夢に来し蜂ひと群に刺されたる頸動脈よ　お金が欲しい

月曜の折込チラシにほほえんで野際陽子の目尻怖ろし

誰よりも下手なしぐさに改札を通れる母やぞわぞわと来る

秋葉原無差別殺傷事件

「命」という語に新聞やパソコンの侵されゆくを日々に見つめる

「孤独」「普通」「格差」「負け組」いずれをも使わず語れ加藤智大を

加藤智大の使いしケータイのなによりもまず機種を知りたし

無差別ではなかったはずだ眼球は光を捕らえ躍ったはずだ

モザイクの向こうに倒れナイフにて加藤智大とつながりし人は

アクセルを踏みし足裏もケータイを打ちし親指も加藤智大

わかるなんかわかるきがする生徒らはカウンセラーにのみ告げるだろう

そんな歌じゃ野次馬たちのケータイに勝てないねえと低き声する

「他者」はもう死語なのだろう秋葉原歩行者天国なくなり晩秋

雲をあやつる

時間という雲をあやつり生徒らは眠り続ける　時おり日の差す

それぞれの海に貝が殖やしたり十四歳《じゅうし》の夏を越えて生徒は

含み笑いをしながら視線逸らしたる生徒をぼくの若さは叱る

クスノキの葉のみ見えいる窓を開け生徒が着替えを終えるのを待つ

どの生徒も同い年なる教室に汗臭くなるぼくの怒鳴り声

人間は、否、教師らは諦念をときに誇りて雨に口開《あ》く

モンスターペアレンツなる明るみに影すら消され友立ちつくす

教頭と向き合い啜るラーメンの葱をひとすじ歯につまらせて

校庭の体育教師の怒鳴り声に笑えり　他に行き場所がない

夜の底にひかりをひとつひとつずつ預けて出でつ職員室を

大野知季

大野知季のばかころしたろその首《こうべ》とぼくのをネット配信したろ

千葉聡の短歌を誰も選ばざる教室に倒れペットボトルは

「个」の読みと意味を説きおり静かにと怒鳴れば静かになる教室に

黒板は海ならざれば生徒らがぼくの文字《もんじ》を写しまくれる

拾うとは拾われること　教室に読み回されたエロ本拾う

「鬱王子」とぼくを呼びたる生徒らとセンター試験を解く夕まぐれ

生徒らがちんこちんこと笑いつつ母に洗われし体育着を脱ぐ

校庭に立つ春の脚こころ病む教師らとともにその股をくぐる

ニンテンドーＤＳ握りマスクして帽子被りて教師が帰る

健全な組織なんだな校長への不満を酒に溶く人もいて

ＵＦＯ《ユーエフオー》捜索係という役職を得たる生徒ぞひとり窓辺に

瞼

炎暑ふかき阿佐ヶ谷駅の階段にまだ温かいまぶた拾えり

中指に載せたるまぶたびっしりと長き睫毛の生えおり羨し

中指に載せたるまぶたふたえなり裏返してもふたえとわかる

睫毛つまみ風にさらせばひりひりと乾くまぶたぞ舌で湿らす

このまぶたの記憶奪わん壊さんとぼくのまぶたを引き剝がしたり

そのまぶたわが眼球に貼られてよりまばたきのたび雪をし降らす

積もりたる雪をし掘ればペニス・臍・乳首・唇・白き眉出でぬ

男根の雪を払えば背後よりもっともっとと声が迫りぬ

噴水

戦争の記憶のように輝ける乾いたままの銀の噴水

吉野家の豚丼にそっと添えられて兵士の眼冷えきっており

豚丼の飯に埋もれた銃弾を箸につまみて店員を呼ぶ

銃弾を箸につまめば店員が銃を差し出す「それ〈当たり〉です」

花冷え

掌《て》の中に燃ゆるさびしさ　点さんと花火さがせどさがせども闇

青天の千鳥ヶ淵に身を映し己れに触れんとさくら散るらし

花冷えの千鳥ヶ淵を　責めることだけがあなたに近寄る方途

家族という絆明るし　シュレッダー・コピー機・ハサミ・Ｂ４の紙

見つめ合うのにも気力の要ることはあなたがぼくに教えたはずだ

さびしさにひとを刺しても抱きても流れ出でたるぼくの血甘し

抱卵

いきどおる蛸の餌となれ島原の海に落とせるぼくの眼球

八月の阿蘇中岳の火口へと振りかぶって投げ込む抗鬱剤

草千里の馬のかなしき目の奥に産ませる性のぼくは映りぬ

セックスを避けて目を閉ず高千穂の小さな宿の灯りを消して

*

パキシルに統べられぼくの脳《なずき》にもセロトニン舞うゆあーんゆよーん

パキシルを飲み継ぐぼくにこの夏も子は欲しいかと問う人もなし

N医師の眼鏡の縁を見つめつつ性欲はまだ湧かぬと答う

ウルトラの母に抱かれているようだデパス効きたる蒸し暑き午後

旧友の子を抱いた日の暮れ方をネットに探す緋のコンドーム

噴水の嘔吐はつづき炎天のバス待ちの列にぼくも加わる

眼球を潰したき真夜ベゲタミンＡ錠もぼくに闇を与えず

死にたいと何度も叫ぶ　医師を妻をカウンセラーを教頭を責める

リモコンの電源ボタンの赤を押す妻の人差し指のささくれ

桃色の布団に妻は尾の切れた蜥蜴のようだ伏して泣きおり

デパスにて脱力したる体《たい》になお古綿色の怒りの残る

シロウオのような怒りだ生かしたるままに呑めよと医師の呟く

日本脱出したし　皇帝ペンギンが氷原を夢み卵《らん》を抱くなり

*

水泳

セントラルスポーツ三階プールにて水纏いつつ水打つ午後を

クロールに息継ぎすればそのたびに窓に射す陽の右眼に溜まる

バタ足に飛沫あげつつ哄笑《わら》いつつおばちゃんという凄き体力

海蛇のようなロープに沿わせゆく身体ぞこころ脱ぎ捨てて行け

「水泳をしてます週に四日ほど」N医師のペンの速さが増しぬ

ことのはは今日緑色《みどり》なれN医師は葉脈をゆく水を聴くのみ

平泳ぎしすぎて痛き股関節もデパス三粒に溶けてゆきたり

タリーズコーヒー

病院の斜向かいなるタリーズに肘つきながら見る人ぼくは

畳まれて黄の膝掛けが籠にあり六つありどれもフリース地なり

タリーズの自動扉はひらくとき子象のように鳴き声を挙ぐ

白シャツの襟に染み無しタリーズの店員は皆「フェロー」と呼ばれ

タリーズのホットコーヒーその面《おも》に飲みほすまでを映る電球

コーヒーのカップに寄せる唇の数かぎりなし　矛盾だらけだ

休職を告げれば島田修三は「見ろ、見て詠え」低く励ます

Ⅳ

けけけけ

染野さん鬱とかなんとか詠んじゃってだめだなあ小島一記が笑う

けけけけと笑いて酒を不味そうに飲んで咳き込み小島一記は

九段下駅をし出ればユニクロのカバンを濡らすやわらかな雨

三日間雨が続いたぼくだけを濡らして雨は海へ還った

霧雨

霧雨に靴を濡らして品川の第一京浜国道《だいいちけいひん》に沿いつつ歩く

霧雨が傘に張りつく霧雨の重さは脳に伝わっている

アイビーがこのひと月をまた伸びて心療内科の待合室に

N医師の濃き口髭を出で入りす五月の虻のようなることば

デパスにてこころ操るぼくを褒めN医師が診察を終えたり

理髪店

ストローの白い袋を栞とし中村文則『掏摸《スリ》』を読みたり

ドライヤーを振る音ひびく阿佐ヶ谷の老人たちが眠る理髪店

阿佐ヶ谷の理髪店にて白髪がきらりきらりと床に舞い落ち

老人の小さな耳を映すとき鏡の海は凪を迎える

老人の老眼鏡を折りたたむか細き理容師の指先は

バリカンが頭皮を這いつつ　ひと月を伸びた分だけ膝へと落ちる

剃刀が頸動脈のすぐそばでじょりじょりという　首が傾く

理容師の冷たい指に剃られたる頬の産毛は人魚の餌だ

もう少し揉んでほしいというところで離れてしまう理容師の指

コンセント

盗電を防止するためプラグではないもの挿されたるコンセント

結婚ののち蜂蜜やクレソンや鰆を食べる人となりたり

電車にてケータイ開きなわとびを買って帰ると男は言えり

ばかやろうポイントカードは捨てるなとテレビに北斗晶の真顔

胸板の厚い男がごめんごめん汗を拭わず本屋に入り来る

『プルートウ』閉じてかなしも大空に砕けたノース2号のこころ

ストローで野菜ジュースを飲む朝《あした》坊主頭を日に曝しつつ

仮面ライダー

教室の窓から仮面ライダーのお面がぼくに手を振る夕べ

武田亮今日はかなしも自らを「無口で意地っ張り」と記しぬ

朝五時のマックで杜甫を唱えいしあわれ森田よ寝過ごし不受験

十二月なお垂れてゆく生徒らの舌のようなりポトスの葉群

校長が教師をひとり解雇してみどりの水槽覗きいるなり

水槽の藻の陰を出て教師らが弱者じゃくしゃと叫ぶ声する

眠そうな生徒ばかりだ責めらるる誰ひとりなき冬の教室

定年にひと年残し離職する副校長の真白きマスク

そめのさん無理しちゃいけない　はつ春の風に目を閉ず副校長は

くずれた胸

紫色《むらさき》のダウンジャケットをかけてやる昼寝の妻のくずれた胸に

妻の歌を読まざるままにはつ春の風へと流すバスタオル二枚

東京に降る雪よりもあっけなくぼくの不安は新薬に消ゆ

新薬に機嫌よくなるぼくを妻がもやしのひげを取りつつ見ている

たろうさん

通院も三年目だなあずさゆみ春立つ朝の品川を行く

新聞をぺりぺりめくる妻の顔の名古屋ドームのような輪郭

端的に妻を怖いと思《も》う夜半酒臭き息にキスをされたり

たろうさんたろうさんとぼくを呼ぶ義父母に鬱を告げ得ず二年

V

緋色のカップ

ベランダのバジルの鉢に水を遣るくびれの多きペットボトルで

火曜朝の髪のほつれよ生ゴミを指定袋にまとめる人の

東京の水道水で満たしたり妻の買い来し緋色のカップを

阿佐ヶ谷のお巡りさんの腰に揺れ秋の日射しに濡れる警棒

阿佐ヶ谷駅南口なる交番に道を尋ねる老婆の背中

窓の外

もういっそみんなで核兵器《かく》を持てばいいアハマディネジャドをカメラは捕らえ

初公開という映像の左隅八年前のビルの崩るる

「ファットとマンの間に・《てん》は要りますか」問われてしばし窓の外《と》を見る

ヒロシマの語り部が減ってゆくことを口惜しそうに言う日野先生

紙燃えるように皮膚はも剝がれゆき暗かった眠かった痛くなかった

沖縄の砂糖をあがなう阿佐ヶ谷の商店街の沖縄屋にて

旧友の子を抱きながら阿佐ヶ谷の商店街でラムネ飲むなり

お台場にぼんやり映画を観ておればブラッド・ピットが銃殺されぬ

墓石のてっぺんに水かけている父の背中をのぼりゆく蟻

教卓

水仙がペットボトルに活けてある職員室の洗面台に

叱られている気のすれば教卓をばんばん叩き生徒を叱る

教室の窓にとまった蛾の尻をつつく荒井のシャープペンシル

斎藤を指名したれば斎藤がつっかえつっかえ読む「山月記」

一月の昼休み終えて教室に生徒のような貝が微動す

教室のひとつひとつのロッカーに彫刻刀が出番待ちおり

ホチキスを捜しておれば桃味の飴をくれたり新田先生

クンシランの鉢を蛇口に近づける雪降る朝の職員室の

寒い日もクンシランに霧吹きかける加茂先生の分厚いメガネ

うす暗き相談室を訪ねれば床に散らばる箱庭の砂

箱庭に匍匐前進していたりきみどり色の兵隊三人《みたり》

箱庭の砂に埋もれたポッキーをカウンセラーと捜す放課後

手を洗いつづける小野の答案に毛玉のような字が書いてある

採点の一〇五枚目を過ぎたとき不意に止みたるエアコンの音

教室に行けぬ生徒のアトピーの瞼の赤み増す三月は

クスノキ

春風《はるかぜ》にクスノキの葉の散りたるを理事長校長踏むかりかりと

講堂のスタインウェイの奏でたる君が代に皆生徒が立てり

生徒らのマンボウの眼よ担任が壇に上げられ紹介さるる

校章に星はかがやき嘘つきの教師ばかりが酒呑みにゆく

男子校なればひとりもいない女子　生徒輪になりケータイ覗く

校庭で全校生徒一〇〇〇人が放つ風船今日は見えない

ニンテンドーＤＳ四つ没収す昼休み後の雨の教室

ケータイをばきりと圧し折りわっと泣き向こうへ行ってくれと叫ぶ生徒《こ》

伸ばしたる前髪越しに睨みつけそれから会釈し横切れる生徒《こ》

納豆の薬味を選ぶようにして生徒を叱る今日は本気で

教師らは教師を妬む　カーテンで西日を避けて続ける会議

教師らの朱鷺のようなる顔ひとつひとつを容れて職員室は

コーヒーが入りましたと朝なさな給湯室に鵙の声する

コピー機のひかり行き来す教師らの突き出た腹のベルトのあたり

ケータイに安藤美姫を見ていたる生徒二人の細い顎ひげ

消毒液吹きつけ合って生徒らが「お前死ねし」と笑いていたり

クスノキの葉の散りたるを生徒らはざりざりと掃く遅刻の罰に

先生が生徒を殴りていし頃のチョークケースのふた半開き

心肺蘇生

二学期の初日を旧い校舎にて心肺蘇生の講習を受く

演習用ゴムマネキンに口つけて初秋の息を強く吹きこむ

三十回圧しつぶしたり演習用ゴムマネキンの分厚い胸を

生徒らが蛙の解剖終えた手でソフトボールを投げ合う真昼

爆弾の配線を切る眼差しで受験生らが数式伸ばす

「生徒を叱るなら五分以内で」と頭髪ゆたかな社会科主任

校庭の隅の百葉箱を指す人差し指が忘れられない

隙間

雨音のとおく連なる日曜日隙間の多き身体を起こす

肺胞のひとつひとつを喰い破る蜥蜴かぼくの胸を去らざる

義父母より送られてきたガーベラの淡きピンクが今日もまだ咲く

傘を買うのは恥ずかしい　片思いしているような恥ずかしさなり

教頭のおごりで阪神 - 巨人戦観ておりコーラに喉濡らしつつ

教頭の饒舌を聞く真っ白な東京ドームの光の下で

わが坊主頭を叩き笑いたる中一をうまく叱れなかった

風船

膨らますのも唇を離すのも怖ければ丸きままの風船

見てはならぬもののごとしもタリーズに埃を被っている消火器は

バレンシアシロップ加えたコーヒーの旨さよ妻に今日も告げ得ず

はつ夏の阿佐ヶ谷駅の階段に踏まれつづける黄のコンドーム

20μgだという　この水に含まるるバナジウム飲み干す

雨の日も晴れの日も狭い玄関に立ちつつ妻の赤い長靴

支持率の下落を伝え新聞が晴れたる朝をなお乾きゆく

蓮舫が首かたむけて微笑めば路地のポスターしばし見ていつ

解答のない問いばかり立てながらルイボスティーを薬缶に煮出す

日の暮れを七人掛けの七人の一人となりてメトロに揺らる

小松菜が野菜室にて立っている妻の帰らぬ土曜の夜を

豚バラ

人の死を詠みたし春の風呂場からシャワーを止める音が聞こえた

不満というわけではないと言いながら木香薔薇に触れている人

ベーグルを買わんと天沼陸橋を越えて荻窪ルミネに来たが

アイビーのさみどりの葉の増えやまず四月半ばを過ぎた頃より

トーストにチーズをのせる習慣がやめられぬと言う自白のように

夕暮れの豚バラ肉と舞茸を重ねかさねてぼくは待ちたる

豚バラの脂とポン酢に濡れている玄米を噛む幾たびも噛む

「豚バラ」で二十首くらい詠めば？　って皿洗いつつ妻が呟く

長葱とじゃことしめじの炒飯を大皿に盛る「笑点」観つつ

阿佐ヶ谷の家賃は高いと声がする皿の溜まった台所より

明け方は幾たびか覚め枕より低い位置なる時計を見つむ

六月号「きょうの料理」はそり返る散らかっている円卓の上《え》に

寝不足の妻が観ており「夏色のパスタ」画面に盛られてゆくを

コボちゃんのママが妊娠した夜は妻の隣で読書していた

妻よりも先に読みたり妻宛ての「短歌研究」七月号を

品川

海風の聞こえぬところ品川の第一京浜《だいいちけいひん》国道沿いのマンション

品川駅カスピーナにてカスピ海ヨーグルトを飲む通院のたび

あとはもう薬減らしていくだけ、とN医師の口髭が震える

死にたいともはや思わず日の暮れをぼくは茸を鍋に煮る人

とうふ屋

とうふ屋の朝の匂いを肺の奥に吸い込み向かう阿佐ヶ谷駅へ

阿佐ヶ谷の北五丁目の裏露地の「豆腐」を「豆富」と書かぬとうふ屋

玄米を幾たびも噛む納豆と妻の揚げたる蛸といっしょに

大皿にチャプチェは盛られごま油炒りごま擂りごまよろこぶ鼻は

春嵐《しゅんらん》にがしんがしんと倒れたり杉並区役所前の自転車

人間の腸のごときは垂れており春まだ浅き銀杏の枝に

阿佐ヶ谷のスターバックス　コーヒーに人魚の内臓すこし溶かして

あとがき

旧版の『あの日の海』には「あとがき」がありません。二十代の頃にのめり込んだ大口玲子さんの『海量《ハイリヤン》』『東北』といった歌集に「あとがき」がなく、それを真似したかったというのがそもそもの理由です。でもいちばんの理由は、作者としての自分の散文が、この歌集の内容や修辞の邪魔になるのではないかと、とても怖れたからです。それはつまり、歌集の世界を、自分の人生から切り離して独立させたい、守りたい、という願いでした。歌の内容が自分の人生の事実に取材しているものか否か、ということが問題なのではありません。師匠の島田修三からは「あとがきくらい書いたらどうだ」と助言されたのをよく覚えています。でも書きませんでした。

なぜそこまでして歌集の世界を守りたかったのか、なぜ作者としての自分が自分の歌の邪魔になると考えたのか、たった十年前のことなのに、もううまく思い出せません。

旧版出版の際には、本阿弥書店の奥田洋子さん、故・池永由美子さんにたいへんお世話になりました。いま改めて御礼申し上げます。初めての出版で池永さんに担当していただけたこと、とても幸せでした。この新装版もまずは池永さんにお届けしたいです。

『あの日の海』を現代短歌クラシックスに、と声をかけてくださった田島安江さん、誠にありがとうございました。田島さんはじめ書肆侃侃房のみなさんには、福岡に住んでいたときも福岡を離れてからも、たいへんお世話になっています。

「外出」のみんな、いつも本当にありがとう。

そして「まひる野」「西瓜」、福岡歌会（仮）のみなさん、また、僕の歌を読んでくださるすべての方々に、心より感謝申し上げます。

二〇二一年十月

染野太朗

本書は『あの日の海』（二〇一一年、本阿弥書店刊）を新装版として刊行するものです。

著者略歴

染野太朗（そめの・たろう）

一九七七年、茨城県生まれ。埼玉県に育つ。国際基督教大学教養学部卒、早稲田大学第二文学部卒。第一歌集『あの日の海』（本阿弥書店、二〇一一年）にて第十八回日本歌人クラブ新人賞、第二歌集『人魚』（角川書店、二〇一六年）にて第四十八回福岡市文学賞短歌部門を受賞。短歌同人誌「外出」「西瓜」同人。短歌結社「まひる野」編集委員。

現代短歌クラシックス09

歌集　あの日の海

二〇二一年十一月十九日　第一刷発行

著　者――染野太朗
発行者――田島安江
発行所――株式会社 書肆侃侃房（しょしかんかんぼう）
〒810-0041
福岡市中央区大名2-8-18-501
TEL 092-735-2802
FAX 092-735-2792
http://www.kankanbou.com　info@kankanbou.com

ブックデザイン――加藤賢策（LABORATORIES）
編　集――田島安江
DTP――黒木留実
印刷・製本――亜細亜印刷株式会社

ISBN978-4-86385-497-0 C0092